E. GRENET-DANCOURT

HYPNOTISÉE !

COMÉDIE EN UN ACTE

JOUÉE PAR

Mlle REICHENBERG & M. COQUELIN CADET,

de la Comédie-Française.

PRIX : 1 FR. 50

PARIS
PAUL OLLENDORFF, ÉDITEUR
28 *bis*, RUE DE RICHELIEU, 28 *bis*

1888

HYPNOTISÉE !

COMÉDIE EN UN ACTE

Représentée pour la première fois, à Paris,
chez M. le baron Alphonse de Rothschild,
le 23 février 1888.

DU MÊME AUTEUR

LA NUIT TERRIBLE, 20e édition. . . . . » 50
ADAM ET ÈVE, 8e édition . . . . » 50
LES VOYAGES, 8e édition. . . . . » 50
LES JOIES MATRIMONIALES, 4e édition . . . . . » 50
LES ENFANTS DE L'IVROGNE, 3e édition. . . . . . » 75
UNE DISTRACTION, 5e édition. . . . . » 50
PARIS, 12e édition . . . . 1 »
LA CHASSE, 12e édition. . . . . 1 »
LA VIE, 12e édition. . . . . 1 »
L'HOMME QUI BAILLE, 3e édition. . . . . 1 »
LE BON DIEU, 8e édition. . . . . 1 »
J'AI RÊVÉ, 3e édition . . . . 1 »
L'ANCIEN TEMPS, 3e édition . . . . 1 »
LE MATADOR, 2e édition . . . . 1 »
QUELQUES MOTS SUR LA LECTURE ET LA PAROLE. » 50
MONOLOGUES COMIQUES ET DRAMATIQUES, 1 vol. grand in-18 jésus, 10e édition 3 50

THÉATRE.

RIVAL POUR RIRE, comédie en un acte (Odéon) . . 1 50
LES NOCES DE MADEMOISELLE LORIQUET, comédie en trois actes (Cluny). . . . . 2 »
DIVORÇONS-NOUS ? comédie en un acte (Cluny). . . 1 »
LA FEMME, comédie en un acte (Palais-Royal). . . 1 »
TROIS FEMMES POUR UN MARI, comédie-bouffe en trois actes (Cluny). . . . . 2 »
OSCAR BOURDOCHE, comédie en un acte (Cluny). . 1 50
LA BANQUE DE L'UNIVERS, comédie en cinq actes (Ambigu) . . . . 2 »
LES MARIÉS DE MONGIRON, comédie en trois actes (Cluny) . . . . 2 »

Imprimerie Générale de Châtillon-s.-Seine. — A. Pichat.

E. GRENET-DANCOURT

HYPNOTISÉE !

COMÉDIE EN UN ACTE

JOUÉE PAR

Mlle S. REICHENBERG & M. COQUELIN CADET,

de la Comédie-Française.

PARIS

PAUL OLLENDORFF, ÉDITEUR

28 *bis*, RUE DE RICHELIEU, 28 *bis*

1888

A

Mlle Suzanne REICHENBERG,

Sociétaire de la Comédie-Française.

PERSONNAGES

MAGNETTO, hypnotiseur.......... M. COQUELIN CADET,
sociétaire de la Comédie-Française.

LUCIDA, sujet extra-lucide... Mlle SUZANNE REICHENBERG,
sociétaire de la Comédie-Française.

HYPNOTISÉE !

Un petit salon. — Porte au fond. — Table et chaises ; sur la table une guitare, une carafe d'eau, un verre, une bûche et des livres parmi lesquels se trouve « La Terre » de Zola. Au lever du rideau, Magnetto — en habit noir — paraît au fond et salue trois fois le public.

SCÈNE PREMIÈRE

MAGNETTO.

Mesdames, messieurs ! Messieurs, mesdames et toutes les personnes présentes qui ne sont encore ni l'un ni l'autre ! Je vais avoir l'honneur extrême de faire devant vous quelques expériences d'hypnotisme, mais, avant de commencer, avant de vous rendre témoins des curieux phénomènes qui, de nos jours, ont conquis droit de cité dans le domaine scientifique, je tiens à dévoiler et à mettre à la portée de l'honorable assistance en ce moment suspendue à mes lèvres les moyens de reproduire avec succès et sans douleur les effets magnétiques que je vais moi-même avoir l'honneur de produire tout à l'heure. L'hypnotisme est une science qu'on ne saurait trop vulgariser. Chacun de nous peut, à un moment donné, avoir besoin d'endormir quelqu'un qui l'importune. Lequel de vous, messieurs, n'a pas souhaité — au moins une fois en sa vie — voir s'endormir sa femme pour courir à un rendez-vous d'affaires... galantes ? Laquelle de vous, mesdames, n'a pas également souhaité voir s'endormir son mari pour un motif... — je ne dirai pas semblable — mais... quelconque ? Quel est celui de vous enfin qui — affligé d'une belle-mère — n'a pas ardemment désiré la voir s'endormir, sinon pour éternellement, du moins pour la durée de son existence ? (Changeant de ton.) Endormir sa belle-mère et la mettre dans l'impossibilité de nuire ! (Changeant de ton.) Ah ! messieurs, l'hypnotisme ne donnerait-il que cet unique résultat, qu'il aurait encore le droit de compter au nombre des plus belles découvertes du siècle ! (Changeant de ton.) Vous verrez tout à l'heure qu'il en peut donner d'autres. (Changeant de ton.) Celui qui veut hypnotiser doit se bien persuader que l'acte qu'il va accomplir est un acte grave et autant que possible être à jeun. (Changeant de ton.) Tel que vous me voyez, mesdames et messieurs, je suis à jeun, tout ce qu'il y a de plus à jeun. (Changeant de ton.) A jeun aussi, doit être la personne que l'on veut hypnotiser ! (D'un ton naturel.) En hypnotisant une personne dont la digestion ne serait pas faite, vous risqueriez de provoquer chez elle des accidents qui — quoique légers — pourraient eux-mêmes provoquer son décès, — ce qu'il vaut généralement mieux éviter, — à moins que l'on ait des raisons particulières de... (Changeant de ton)... Mais, ce sont là des considérations d'ordre tout intime dans lesquelles je n'ai ni le droit, ni le désir de m'immiscer. (Changeant de ton.) Les sujets les plus facilement hynoptisables sont ceux qui appartiennent au sexe auquel (Saluant.) j'ai le regret de ne pas appartenir, — c'est-à-dire les femmes. — On parvient également à hypnotiser des hommes, mais cela offre beaucoup moins d'intérêt, surtout au point de vue plastique. — Je vais maintenant vous indiquer comment il faut s'y prendre pour produire le sommeil magnétique. Vous faites d'abord asseoir la personne que vous voulez hypnotiser en face de vous, puis, appliquant vos pouces contre les siens de façon à ce que le contact ait lieu par la face palmaire, vous plongez dans ses yeux vos yeux et la maintenez immobile sous votre regard ! (Prenant une pose et écarquillant les yeux.) Comme ça ! (Changeant de ton.) Ah ! le regard ! — tout est là, — tout. — Le mien — sans parler du fluide qui se dégage de tous mes pores — est d'une puissance telle, qu'il me suffit de le laisser tomber négligemment sur un homme, une bête ou une femme, pour provoquer immédiatement chez eux le sommeil hypnotique. — C'est au point qu'un jour que j'étais allé voir jouer — dans je ne sais plus quel théâtre, — je ne sais plus quelle tragédie, tous les spectateurs sur lesquels j'avais par mégarde laissé errer mon regard, se sont endormis pour ne se réveiller qu'à la fin de la représentation. — J'ai endormi de même un jour à la Chambre tous les députés qui assistaient à la séance. — Tous les journaux en ont parlé le lendemain, et plusieurs d'entre eux ont même daigné exprimer le regret que je n'assiste pas à toutes les séances. (Changeant de ton.) Je n'ai jamais pu savoir pourquoi par exemple. (Changeant de ton.) Revenons à notre sujet que nous tenons toujours sous l'influence de notre regard et chez lequel commencent à se manifester ce que l'on appelle les prodromes du sommeil ou symptômes précurseurs, qui — généralement précédés d'un rire convulsif — se présentent de la façon suivante : 1° Titillement dans les bras. 2° Pesanteur dans les jambes. 3° Sentiment de froid, suivi de petites secousses nerveuses. 4° Moiteur générale et transpiration. 5° Fatigue douloureuse au dessus des yeux. 6° Battement des tempes. 7° Larmes dans les yeux. 8° Clignotement des paupières et leur occlusion. (Changeant de ton.) Comme vous le voyez, c'est très gai. (Changeant de ton.) Mais, vous comprendrez mieux en me voyant opérer sur mademoiselle Lucida, sujet extra-lucide, que je vais avoir l'honneur de soumettre à l'appréciation des amateurs. (Allant vers le fond et appelant.) Mademoiselle Lucida, s'il vous plaît !

SCÈNE II

MAGNETTO, LUCIDA.

LUCIDA, paraissant au fond.

Me voici, monsieur Magnetto. — Je ne suis pas en retard ?

MAGNETTO.

Non. — Saluez le public.

LUCIDA, descendant en scène.

Tout de suite.

Elle salue trois fois le public.

MAGNETTO.

Assez.

LUCIDA, revenant vers lui.

Bien.

MAGNETTO.

Comment vous sentez-vous aujourd'hui?

LUCIDA.

Très bien, monsieur Magnetto, très bien.

MAGNETTO.

Vous êtes à jeun?

LUCIDA.

Presque.

MAGNETTO.

Qu'avez-vous pris à votre repas ?

LUCIDA.

Un demi-verre d'eau, un œuf à la coque et un biscuit à la cuiller.

MAGNETTO.

Un biscuit à la coque et un œuf à la... (*Se reprenant.*) Heu ! un œuf à la... et... (*Changeant de ton.*) Parfait ! voilà qui est incapable de provoquer dans l'estomac un rassemblement susceptible d'encombrer les voies digestives. Nous allons commencer. — (*Offrant une chaise à Lucida.*) Asseyez-vous.

LUCIDA, *s'asseyant.*

Voilà.

MAGNETTO, *prenant une autre chaise et s'asseyant en face de Lucida.*

Ne bougez plus. (*Au public.*) Je ferai remarquer aux personnes présentes, qu'en dehors de l'odeur naturelle qui s'exhale de mon corps, je ne porte sur moi aucun parfum. (*A Lucida.*) Donnez-moi vos mains et regardez-moi bien en face. (*Lucida met ses mains dans celles de Magnetto, et tous deux se regardent pendant un temps assez long.*) Attention, s'il vous plaît, aux symptômes précurseurs ! (*Lucida sourit d'abord et finit par rire convulsivement.*) Rire convulsif !... (*Les bras de Lucida sont agités par un léger tremblement.*) Titillement des bras !... Mademoiselle Lucida commence à titiller. (*Les bras de Lucida tremblent plus fort.*) Elle titille !!! (*Lucida cherche à remuer les jambes.*) Pesanteur dans les jambes ! (*Changeant de ton.*) Je vous les ferais bien peser, mais ce ne serait pas convenable. (*Lucida frissonne et s'agite nerveusement.*) Sentiment de froid, suivi de petites secousses nerveuses ! — Remarquez les petites secousses, — c'est très curieux. (*Lucida suffoque comme si elle avait trop chaud.*) Moiteur et transpiration ! (*Lucida ouvre et ferme les yeux rapidement.*) Les tempes battent, les paupières clignotent, les yeux se fatiguent et... se ferment. (*Lucida ferme les yeux.*) Ils sont fermés ! (*Se levant et saluant le public.*) Et voilà !... (*Changeant de ton.*) Mademoiselle Lucida est maintenant complètement en mon pouvoir et tout ce que je vais lui ordonner de faire, elle le fera. (A Lucida.) Ouvrez les yeux, Lucida, je le veux... (Lucida ouvre les yeux.) A présent, levez-vous ! (Il met son index sous le nez de Lucida, elle se lève et suit docilement tous les mouvements qu'exécute le doigt de Magnetto.) Quelle sensation éprouvez-vous ?

LUCIDA.

Je suis heureuse.

MAGNETTO.

Allons, tant mieux. (Changeant de ton.) Aimez-vous les fleurs ?

LUCIDA.

Je les adore et j'en ai toujours sur ma fenêtre.

MAGNETTO, sortant une pipe de sa poche et la mettant sous les yeux de Lucida.

Comment trouvez-vous celle-ci ?

LUCIDA.

Oh ! la jolie rose et comme elle sent bon !

MAGNETTO.

La voulez-vous ?

LUCIDA.

Oh ! oui, pour mettre dans mes cheveux.

MAGNETTO.

Prenez-la. (Lucida avance la main vers la pipe et s'arrête fascinée par le regard de Magnetto.) Prenez-la donc !

LUCIDA, faisant vainement de nouveaux efforts.

Je ne peux pas.

MAGNETTO.

Ce n'est pas une rose d'ailleurs, c'est un petit oiseau.

LUCIDA.

Oui, c'est un petit oiseau,... avec des plumes et une petite queue !

MAGNETTO, remettant la pipe dans sa poche.

Il vient de s'envoler !

LUCIDA.

Quel dommage !

MAGNETTO, montrant le plafond.

Le voyez-vous là-haut ?

LUCIDA, regardant en l'air.

Je le vois.

MAGNETTO.

Appelez-le.

LUCIDA, appelant.

Petit, petit, petit !

MAGNETTO.

Disparu !

LUCIDA, avec regret.

Disparu !

MAGNETTO, brusquement.

Comment vous appelez-vous ?

LUCIDA.

Lucida.

MAGNETTO, l'hypnotisant à l'aide de passes magnétiques.

Essayez donc de dire votre nom sans bégayer.

LUCIDA, bégayant.

Lululu... Lucicici... cicidada... cicidada...

MAGNETTO.

Êtes-vous muette ? (Lucida fait signe que non avec la tête.) Parlez, alors. (Lucida essaie de parler sans pouvoir y parvenir. — Magnetto lui souffle sur le front.) Dites votre nom, maintenant.

LUCIDA.

Lucida.

MAGNETTO, après avoir salué le public.

Et voilà ! (A Lucida.) Savez-vous lire?

Il va prendre un livre sur la table.

LUCIDA.

Lire, écrire et compter, monsieur Magnetto.

MAGNETTO, lui appliquant un livre fermé sur les yeux.

Eh bien, lisez ce qui se trouve en haut de la page... 317 de ce volume.

LUCIDA.

« Jamais il ne lui avait toléré cette familiarité. Fal-
» lait avoir l'âge. Et il chassait l'air de la main en af-
» fectant d'être asphyxié par... »

MAGNETTO.

Pourquoi vous arrêtez-vous? — Continuez?

LUCIDA.

Je ne peux pas.

MAGNETTO.

Je le veux.

LUCIDA.

Je vous jure que je ne peux pas.

MAGNETTO, prenant le livre et l'ouvrant.

Tiens ! C'est extraordinaire. (Lisant.) « **Jamais il ne lui avait toléré cette familiarité. Fallait avoir l'âge, et...** (Scandalisé.) Oh ! (Regardant la couverture.) Qu'est-ce que c'est donc que ce livre-là? (Lisant.) « **La terre !** » **Emile Zola** !! (Remettant le livre sur la table.) Tout s'explique. (Saluant le public.) Pardon, mesdames et messieurs, pardon... (Changeant de ton.) Je vais remplacer cette expérience malencontreuse, par une autre expérience qui, je l'espère, vous plongera dans l'admiration et l'étonnement. — Je vais faire dire à mademoiselle Lucida des choses que vous n'avez jamais entendu sortir de la bouche d'une femme. — Attention ! (A Lucida.) Comment trouvez-vous, mademoiselle Lucida, toutes les dames qui sont ici ?

LUCIDA, hésitant.

Mais...

MAGNETTO, l'hypnotisant.

Regardez-les bien.

LUCIDA.

Je les trouve toutes charmantes !

MAGNETTO, galamment.

Moi aussi. (A Lucida.) Et puis ?

LUCIDA.

Jeunes !

MAGNETTO.

Et puis ?

LUCIDA.

Distinguées !

MAGNETTO.

Et puis ?

LUCIDA.

Spirituelles.

MAGNETTO.

Et puis encore ?

LUCIDA.

Et délicieusement habillées !

MAGNETTO.

Très bien. (Au public.) Qu'en dites-vous, mesdames ?

Je crois que c'est la première fois que vous entendez une femme parler ainsi des autres femmes et je ne pense pas m'être trop avancé en vous annonçant que j'allais faire dire à mademoiselle des choses que n'ont pas précisément l'habitude de dire les personnes du sexe auquel j'ai de plus en plus le regret de ne pas appartenir. (Saluant et changeant de ton.) Je continue. (A Lucida.) Voulez-vous me dire maintenant, mademoiselle Lucida, comment vous trouvez...

LUCIDA, l'interrompant.

Les... messieurs ?

MAGNETTO.

C'est cela.

LUCIDA, timidement.

Mais...

MAGNETTO.

Regardez-les.

LUCIDA.

Non.

MAGNETTO, l'hypnotisant.

Je le veux.

LUCIDA.

Je n'ose pas.

MAGNETTO.

Pour pouvoir nous dire ce que vous en pensez, il faut cependant que vous les regardiez.

LUCIDA, ingénûment.

Je les ai regardés... en arrivant.

MAGNETTO, souriant.

Tiens ! Tiens ! Et... quelles sensations avez-vous éprouvées en les voyant ?

LUCIDA, rougissant.

Monsieur Magnetto !

MAGNETTO.

Vous ne voulez pas le dire?

LUCIDA.

Je ne veux pas le dire.

MAGNETTO.

Voyons, ces sensations peuvent-elles au moins s'exprimer par un geste ?

LUCIDA.

Dame !... oui.

MAGNETTO.

Alors, faites-le... ce geste.

LUCIDA.

Volontiers. (Envoyant des baisers au public.) Messieurs !

MAGNETTO, même jeu.

Mesdames ! (Changeant brusquement de ton.) Mademoiselle Lucida !

LUCIDA.

Monsieur Magnetto ?

MAGNETTO, d'une voix forte.

Dormez, je le veux. (Lucida tombe dans un des bras de Magnetto qui prend une pose.) Remarquez la grâce des attitudes ! (Prenant Lucida dans un autre bras.) Quand on est fatigué, on change de bras. (La laissant glisser doucement à terre.) Ou on lâche tout. (Prenant une pose.) La fontaine Saint-Michel !! (Soufflant sur le front de Lucida pour la réveiller.) Relevez-vous et saluez. (Lucida se relève et salue.) Vous n'êtes pas fatiguée ?

LUCIDA, réveillée.

Si, un peu.

MAGNETTO, emplissant un verre d'eau.

Avalez ce verre de vin.

LUCIDA, élevant le verre.

Oh ! comme il est d'un beau rouge !

MAGNETTO.

Buvez !

LUCIDA, après avoir bu.

Merci.

Elle rend le verre à Magnetto.

MAGNETTO.

Comment vous trouvez-vous?

LUCIDA, naturellement.

Mais... très bien.

MAGNETTO, l'hypnotisant.

Très bien? — Vous êtes ivre pourtant.

LUCIDA.

Moi ?

MAGNETTO.

Je vous dis que vous êtes ivre !

LUCIDA, chancelant comme une femme ivre.

Moi !... je... oui. — Ah ! c'est curieux comme tout tourne autour de moi; ça tourne, ça tourne, ça tourne ! (Eclatant de rire.) Ah ! ah ! ah ! ça tourne, ça tourne ! (Changeant de ton.) Ah ! comme ça tourne ! (Changeant de ton.) Y a pas à dire j'ai,.. j'ai mon pompon...

Fredonnant.

En rev'nant d'Suresnes
J'avais mon pompon,
Etc.

Dis donc, Magnetto, c'est tout ce que tu paies ? J'ai

soif, tu sais. — Ah ! comme ça tourne, comme ça tourne, comme ça tourne !

Elle éclate de rire.

MAGNETTO, lui prenant le bras.

Ne riez pas, malheureuse, on vient de vous voler votre enfant !

LUCIDA, changeant brusquement d'attitude.

Mon enfant ? on m'a volé mon enfant ? Un petit enfant tout neuf... (Se reprenant.) tout jeune ! (Se calmant.) Non, c'est impossible, il est là qui dort dans son berceau. — C'est un ange ! — Des lèvres plus roses que les roses et des yeux plus bleus que le ciel ! — Vous ne l'avez jamais vu ? — Attendez, je vais vous l'apporter. (Elle disparaît un instant dans la coulisse, pousse un grand cri et revient les cheveux en désordre.) Volé ! Ils me l'ont volé !! Ils me l'ont volé !!! (Après un temps.) Il était là... dans son berceau... et puis... des hommes sont venus .. (Eclatant en sanglots et tombant à genoux.) Ah ! mon Dieu ! mon Dieu ! mon Dieu !... (Se relevant tout à coup.) Mon enfant ! je veux mon enfant, je veux mon enfant, je veux mon enfant !!!

MAGNETTO, lui mettant une bûche dans les bras.

Tenez, je viens de le retrouver.

LUCIDA, serrant la bûche sur son cœur.

Lui ! (Couvrant la bûche de baisers.) Ah ! cher amour, cher amour, cher amour !!! Qu'il est est beau ! — Allons, monsieur, faites vite une risette à tout le monde !

MAGNETTO.

Il a l'air bien intelligent.

LUCIDA.

Il l'est aussi.

MAGNETTO.

A qui ressemble-t-il ?

LUCIDA.

A son père.

MAGNETTO.

Vous n'avez que celui-là ?

LUCIDA.

J'en ai vingt-deux.

MAGNETTO, à part.

Un chantier ! (A Lucida.) Quel âge a-t-il ?

LUCIDA.

Trois mois.

MAGNETTO.

C'est le plus jeune alors ?

LUCIDA.

Non, c'est l'aîné. (Changeant de ton.) Allons, rendormez-vous, cher amour, rendormez-vous.

MAGNETTO.

Fredonnez-lui quelque chose, cela le bercera.

Lucida chante un couplet de « Jenny l'ouvrière » ou quelque autre romance sentimentale.

MAGNETTO, pleurant à demi.

Ne savez-vous rien de plus gai ? (Lucida chante le refrain de la chanson « En revenant de la Revue » ou quelque autre refrain en vogue.) Allons, c'est assez, — couchez-le.

LUCIDA, embrassant la bûche et la jetant par dessus son épaule.

Bonsoir.

MAGNETTO, prenant la guitare et préludant.

Attention à la scène d'extase ! (A Lucida en pinçant sa guitare.) Oh ! voyez quel joli panorama se déroule devant vos yeux. (La figure de Lucida exprime l'admiration.) Des couples enlacés se promènent ! — Ce sont des amoureux. — Qu'est-ce qu'ils font donc ? (Lucida baisse les yeux en rougissant.) Les voilà qui dansent au son des tambourins ! (Lucida semble suivre le mouvement des danseurs.) Ecoutez ! l'angelus sonne et tous se mettent en prière. (Lucida a l'air de prier.) Tiens ! le ciel se couvre, les éclairs sillonnent la nue et le tonnerre gronde ! (Le visage de Lucida exprime la terreur.) Oh ! regardez ces malheureux qui grelottent sous la pluie ! (Le visage de Lucida exprime la pitié.) Une personne charitable a organisé une représentation à leur bénéfice et a obtenu le concours de COQUELIN CADET qui dit un monologue. (Lucida commence par sourire, puis finit par rire aux éclats comme si elle entendait réellement COQUELIN CADET dire un monologue.) Fin de la scène d'extase ! (Il salue et remet sa guitare sur la table. — Au public.) Une dernière expérience, pour finir. — Je vais, si vous le voulez bien, suggérer à mademoiselle Lucida l'idée de m'aimer passionnément. (Vivement.) Rassurez-vous, les choses n'iront pas plus loin qu'elles ne doivent aller. (A Lucida après l'avoir hypnotisée) Comment me trouvez-vous, Lucida ?

LUCIDA, avec feu.

Je te trouve beau et je t'aime éperdûment.

MAGNETTO.

Est-ce bien vrai ?

LUCIDA.

Je te le jure ! — Oh ! viens, fuyons ensemble !... Une chaise de poste nous attend à la grille du parc. Viens, mon bien aimé, viens ! (Après un temps.) Tu hésites ? (Changeant de ton.) Grand Dieu ! tu en aimes une autre ! — Une autre ! — Ah ! si cela était, je la tuerais ! (Changeant de ton.) Mais non, tu n'aimes que moi, tu n'adores que moi, et toute ta vie est à moi, comme toute ma vie est à toi.

MAGNETTO, au public.

Et voilà, ce n'est pas plus difficile que cela. — Je recommande cette dernière expérience aux personnes qui ne savent comment s'y prendre pour se faire aimer. — Maintenant, je vais réveiller mademoiselle Lucida et nous aurons l'honneur de vous remercier ensemble de la bienveillante attention que vous avez bien voulu nous prêter. (Il fait quelques passes et souffle à plusieurs reprises sur le visage de Lucida qui se réveille et regarde le public avec étonnement.) C'est fait ! Il ne nous reste plus, mesdames et messieurs qu'à... (A Lucida qui le regarde fixement.) Qu'avez-vous à me dévisager ainsi ?

LUCIDA.

Monsieur Magnetto !

MAGNETTO.

Eh bien ?

LUCIDA.

J'ai un aveu à vous faire.

MAGNETTO.

Un aveu?

LUCIDA.

Je crois que le sentiment que j'éprouve pour vous quand je suis endormie, survit en moi aprés le réveil.

MAGNETTO.

Hein? (Au public.) Elle n'est sans doute pas suffisamment dégagée.

Il lui souffle de nouveau sur le visage.

LUCIDA.

Oh ! je suis bien éveillée, allez !

MAGNETTO.

Essayons encore !

Il lui souffle une troisième fois sur le visage.

LUCIDA.

Tout à fait éveillée.

MAGNETTO, hésitant.

Alors... vous... m'aimez?

LUCIDA, baissant les yeux.

Vous ne vous en étiez pas aperçu?

MAGNETTO.

Et vous venez me dire cela devant le public?

LUCIDA, timidement.

C'est mal?

MAGNETTO.

Mais... (Au public.) C'est qu'elle est charmante! — Elle a des yeux, un nez, une bouche! — Et puis cette façon originale de me déclarer son amour...

LUCIDA.

Pardonnez-moi.

MAGNETTO, au public.

Il est certain que j'aurais là une compagne ravissante! — Qu'en dites-vous?

LUCIDA.

Vous êtes fâché?

MAGNETTO.

Oui.

LUCIDA, essuyant une larme.

Ah!

MAGNETTO, vivement.

Eh bien, non, je ne suis pas fâché, je ne suis pas fâché!!!

LUCIDA, timidement.

Alors... si vous n'êtes pas fâché... c'est donc que vous consentez à...

MAGNETTO, hésitant.

C'est-à-dire... (Au public.) Si je m'attendais à celle-là par exemple !

LUCIDA, insistant doucement.

Allons !

MAGNETTO, hésitant toujours.

Mais...

LUCIDA.

Dites... oui.

MAGNETTO.

Eh bien, oui, je consens, là, êtes-vous satisfaite ?

LUCIDA.

Satisfaite ?!! — Folle, monsieur Magnetto, folle de joie !

MAGNETTO, montrant le public à Lucida.

Moi aussi, mais, que vont penser ces dames et ces messieurs ?

LUCIDA, gaîment.

Bah ! ce qu'ils pensent depuis longtemps !

MAGNETTO.

Quoi donc ?

LUCIDA.

Que c'est l'amour qui est encore le plus habile et le plus puissant des hypnotiseurs !

Rideau.

FIN

Imprimerie générale de Châtillon-sur-Seine. — A. Pichat.

THÉATRE DE CAMPAGNE, recueil de comédies de salon (8 séries ont paru). Chaque série formant 1 vol. grand in-18, est vendue séparément. — Prix . . . . 3 fr. 50

ANTOINETTE RIGAUD, comédie en trois actes, par Raimond Deslandes (Comédie-Française) . . . . . . 2 »

LA VOCATION D'HÉLÈNE, saynète par Georges Lieussou (Cluny), in-18. . . . . 1 »

LE FILS DE PORTHOS, drame en cinq actes et quatorze tableaux, par Emile Blavet (Ambigu-Comique), in-18 . . . . 2 »

LES FILS DE JAHEL, drame en cinq actes, en vers, dont un prologue, par Simone Arnaud (Odéon), in-18 3 50

« ALLÔ! ALLÔ! » comédie en un acte, par Pierre Valdagne (Vaudeville), in-18 . . . . 1 50

LA MAISON DES DEUX BARBEAUX, comédie en 3 actes, par A. Theuriet et H. Lyon (Odéon), in-18 . . . 2 fr.

TROP VERTS! proverbe en un acte, en vers, par Marcel Ballot, in-18. 1 50

DANS UNE LOGE, comédie en un acte, par Ludovic Denis de Lagarde (Déjazet), in-18. . . . . 1 50

ENTRE AMIS, comédie en un acte, par Ludovic Denis de Lagarde (Gymnase), in-18. . . . . 2 fr.

LES FEMMES COLLANTES, comédie-bouffe en cinq actes, par Léon Gandillot (Déjazet), in-18 . . 2 »

MON FILS, pièce en trois actes, en vers, par Emile Guiard (Odéon), in-8 . . . . 3 50

MADELEINE, pièce en quatre actes dont un prologue, par R. du Pontavice de Heussey, in-18 . . . . . 2 fr. »

AU MONT IDA, comédie en un acte, par Philippe de Massa, in-18. . . 1 50

LE BAIN DE LA MARIÉE, comédie-bouffe en un acte par G. Astruc et P. Soulaine (Palais-Royal) in-18 . 1 fr. 50

PRÊTE-MOI TA FEMME, comédie en deux actes, en prose, par Maurice Desvallières (Palais-Royal), in-18 . . . . 1 50

LE PRÉTEXTE, comédie en un acte, en prose, par Jules Legoux (Vaudeville), in-18 . . . . 1 50

LA COMTESSE SARAH, pièce en cinq actes, par Georges Ohnet (Gymnase), in-18. . . . . 2 »

SERGE PANINE, pièce en cinq actes, par Georges Ohnet (Gymnase), in-18 . . . . 2 fr.

LE MAITRE DE FORGES, pièce en quatre actes et cinq tableaux, par Georges Ohnet (Gymnase), in-18. 2 fr.

LA GRANDE MARNIÈRE, drame en huit tableaux, par Georges Ohnet (Porte-Saint-Martin). in-18. . . 2 »

SMILIS, drame en quatre actes, en prose, par Jean Aicard (Comédie-Française), in-18 . . . . . . 2 fr.

UN CRÂNE SOUS UNE TEMPÊTE, saynète par Abraham Dreyfus (Gaîté), in-18 . . . . 1 fr.

L'ASSASSIN, comédie en un acte, par Edmond About (Gymnase), in-18 1 50

UNE MATINÉE DE CONTRAT, comédie en un acte, par Maurice Desvallières (Comédie-Française). . . 1 50

L'HÉRITIÈRE, comédie en un acte, en prose, par E. Morand (Comédie-Française), in-18. . . . . 1 50

UN FÉTICHE, comédie en un acte, par Eugène Hugot (Palais-Royal), in-18 . . . . 1 50

BIGOUDIS, comédie en un acte d'Ernest d'Hervilly (Gymnase), in-18 . 1 50

LA BONNE AVENTURE, opéra-bouffe en trois actes, par Emile de Najac et Henri Bocage, musique d'Émile Jonas (Renaissance), in-18 . . 1 fr. 50

LES CONVICTIONS DE PAPA, comédie en un acte, par E. Gondinet (Palais-Royal et Gymnase), in-18. . 1 50

DIVORCÉS! comédie en un acte et en vers, par L. Cressonnois et Ch. Samson, in-18 . . . . 1 fr.

POUR DIVORCER, comédie en un acte, par Victor Dubron, in-18 . . 1 50

L'AGNEAU SANS TACHE, comédie en un acte en prose, par Armand Éphraim et Adolphe Aderer (Odéon), in-18. . . . . 1 fr. 50

LA GIFLE, comédie en un acte, par Abraham Dreyfus (Palais-Royal), in-18 . . . . 1 50

HAMLET, drame en vers, en cinq actes et onze tableaux, d'après William Shakespeare, par MM. Lucien Cressonnois et Ch. Samson (Porte-Saint-Martin), in-18 . . . . . . 2 fr. »

COMÉDIES EN UN ACTE, par Ernest Legouvé, de l'Académie française. un vol. gr. in-18. — Prix . 3 f. 50

IMPRIMERIE GÉNÉRALE DE CHATILLON-SUR-SEINE. — A. PICHAT.

www.ingramcontent.com/pod-product-compliance
Lightning Source LLC
LaVergne TN
LVHW052022160826
845678LV00003B/1160

9782329634272